V

VENTE

HOTEL DROUOT, SALLE N° 11

Le Vendredi 16 Février 1900

A 2 HEURES 1/4

OBJETS D'ART ANCIENS

VITRAUX ANCIENS

Du XIVe au XVIe siècles

Tableau attribué à A. DURER

Me SANONER, Commissaire-Priseur

M. E. GANDOUIN, Expert

Étude de **Mᵉ SANONER**, Commissaire-Priseur

à Paris, y demeurant, 4, Square Labruyère

VENTE AUX ENCHÈRES PUBLIQUES

DE

OBJETS D'ART ANCIENS

Bois sculptés, Statues, Meubles

OBJETS DIVERS

VITRAUX ANCIENS

du XIVᵉ au XVIᵉ siècles

TABLEAUX, CADRES SCULPTÉS, GRAVURES, DESSINS

Objets divers, Tapisseries

Saint Jérôme méditant

Tableau attribué à **A. DURER**

DONT LA VENTE AURA LIEU

HOTEL DROUOT — SALLE Nº 11

LE VENDREDI 16 FÉVRIER 1900

à deux heures un quart

Mᵉ SANONER	**M. E. GANDOUIN**
COMMISSAIRE-PRISEUR	EXPERT
4, Square Labruyère, 4	40, Avenue Wagram, 40

Chez lesquels se distribue le Catalogue

EXPOSITION PUBLIQUE

Le Jeudi 15 Février 1900

de 1 h. 1/2 à 5 heures 1/2

CONDITIONS DE LA VENTE

Elle aura lieu au comptant.

Les acquéreurs paieront *cinq pour cent* en sus des prix d'adjudication.

L'exposition mettant le public à même de se rendre compte de l'état et de la nature des objets, il ne sera reçu aucune réclamation une fois l'adjudication prononcée.

Paris. — Imprimerie Artistique Ménard et Chaufour, 8-10, rue Milton

DÉSIGNATION

OBJETS D'ART ANCIENS

1 — Statue, bois polychromé. (Descente de Croix).

2 — Pied, bois polychromé.

3 — Sainte Brigitte, avec pied.

4 — Cadre démonté, chêne sculpté.

5 — Christ, chêne, portant sa croix. (Moderne).

6-7 — Deux statuettes, ronde bosse.

8 — Console, bois sculpté.

9-10 — Deux chandeliers, bois sculpté.

11 — Chandelier, bois sculpté.

12-13 — Sainte Thérèse, Jésus et Saint Jean-de-la-Croix, en bois sculpté et polychromé.

14 — Piédestal, bois.

15 — Vierge-Mère, chêne.

16-17 — Deux Anges adorateurs, en bois doré et argenté.

18-19 — Deux Anges adorateurs, en bois, polychromé.

20 — Console en bois peint et doré.

21 — Pied de table de nuit Époque Louis XV.

22 — Statue en pierre du XVe siècle.

23-29 — Calvaire par M. Combor, auteur de l'aquarium et deux rochers de l'exposition dernière et des travaux pour le roi des Belges.
Rocher en carton, Christ en bois, Saint Jean et la Sainte Vierge, Christ au tombeau.

30 — Bassinoire en cuivre.

31 -- Mouchette en cuivre.

32 — Bénitier en bronze.

33 — Cafetière en cuivre émaillé.

34 — Bougeoir en cuivre jaune.

35 — Christ en buis; Croix.

36 — Rosace de seize rayons en verre de couleurs sur découpure en zinc.

37 — Vierge-Mère, ivoire. Louis XIV.

38 — Hamadryade, de Saint Laurent, photographie.

39 — Le Christ descendu, avec cinq personnages, tableau sur bois.

40 — Etude de chirurgie, sur toile.

41 — Belizon, sur toile.

42 — Portrait ancien, sur toile.

43 — Adoration des Mages, sur bois.

44 — Vierge-Mère allaitant, sur bois.

45-46 — Deux panneaux décoratifs sur carton.

47 — Paysage avec baigneuses, sur bois, cadre en bois sculpté. Louis XIV.

48 — Paysage avec moulin et pont, sur bois, cadre moderne.

49 — Vierge et ange Gabriel, sur panneau bois cintré.

50 — Paysage fusain, signé T. V.

51 — Photographie agrandie d'une Mater-Dolorosa.

52 — Citadelle au bord de la mer, sur bois, avec cadre ancien en bois.

53 — Cadre, bois noir et or.

54 — Cadre, bois.

55-56 — Deux cadres, bois doré.

57 — Cadre, bois doré.

58 — Baptême de Saint Jean-Baptiste, sur toile.

59 — Moïse écrivant, sur toile.

60 — Piédestal en bois.

61 — Vierge-Mère en terre cuite.

62 — Quatorze plats d'étain.

63 — Deux plats d'étain.

64 — Deux plats d'étain guillochés.

65 — Deux plats d'étain guillochés.

66 — Vieille cannette, en étain.

67 — Deux chandeliers, en cuivre.

68 — Lion en chêne. Époque Louis XIII.

69 — Vieille glace avec cadre doré.

70 — Soixante-cinq carreaux, faïence, sujets de l'ancien et nouveau testament, quarante-deux carreaux, faïences diverses.

71 — Bout de pieu, trouvé dans une tranchée de siège.

72 — Ecusson, vitrail du xvie siècle, armoiries.

73-74 — Deux vitraux. Tête de femme du xvie siècle.

75 — Vitrail du xvie siècle. Comment saint Aumer embrassa la vie monastique et prit l'habit de l'ordre de saint Benoit : La naissance de saint Aumer. Deux vitraux, même chassis

76 — Trois châssis contenant des débris de vitraux. Têtes, personnages, ornements, des xive au xvie siècles.

77 — Vitraux du xve siècle. Quatre châssis contenant le Christ en croix, la Vierge et saint Jean. (Ces deux figures sont en pied, grandes comme nature).

78 — Sous ce numéro, quantité de gravures anciennes qui seront vendues par lots.

79 — Époque Ier Empire. Pendule nocturue en bronze ciselé, patine verte.

80 — Gobelins de Bruxelles xviie siècle. Portière tapisserie, sujets personnages mythologiques.

81 — Époque Louis XV. Portière tapisserie de Lille.
Verdure et chien.

82 — XVIIIe siècle. Savonnerie. Tête d'homme d'après
REMBRANDT.

TABLEAUX

83 — BOUCHER (FRANÇOIS). Nativité. Grisaille,
esquisse.

84 — BRAUWER (genre de A.). Flamand tenant un
broc.

85 — BRIL (PAUL). Paysages. (Deux pendants).

86 — CARPACCIO (XVe SIÈCLE). Groupe de cavaliers.
(Tableau fort curieux).

87 — CLOUET (École de J.). Portrait du comte de
Nonanteuil. (Sur bois).

88 — COLIN (ALEXANDRE). Le Faucon, toile. Joconde,
toile, (Deux pendants. Signés).

89 — COOPER. Chien. Gravure en couleur, par
TURNER, 1831.

90 — DESORIA. Jenny Berger. (Actrice en 1843).

91 — DURER (attribué à ALBERT). Saint Jérôme méditant.

Il est représenté assis devant une table et écrivant, l'intérieur est orné de nombreux accessoires, au premier plan lion couché et chat.

Petit tableau d'un fini précieux, en bel état de conservation sur bois.

La gravure ancienne est en sens inverse.

92 — GREUZE (Mlle). Le Trou de l'aiguille.

93 — HALS (attribué à FRANZ). Jeune homme vu en buste et riant.

94 — HEINSIUS. Portrait présumé de Augereau. (Signé).

95 — LECLERC (Des GOBELINS). La Danse. Tableau d'une exécution précieuse.

96 — LOYEUX. Madame Sans Gêne. (Signé).

97 — MALEBRANCHE. Routes de France. Deux paysages. (Effets de neige. Signés).

98 — MARTIN (DIDIER). Jésus conduit au Calvaire, émail cadre bois sculpté réparé.

99 — MÉRIMÉE. L Innocence. Tableau reproduit par la gravure.

100 — STEVENS (A.). Femme assise, vêtue d'une robe blanche (Signé).

101 — VAN LOO (composition de CARLE). Conversation espagnole. (Cadre bois sculpté).

102 — VAN LOO (CARLE). Portrait de ***, musicien du Roi. Violoncelliste.

103 — VERDUSSEN. Cavalier au galop.

104 -- WATTEAU (LOUIS), de Lille. Scène militaire : Bivouac. (Deux pendants sur bois).

105 — ÉCOLE ESPAGNOLE, XVIII SIÈCLE. Banquet nocturne. (Cadre bois sculpté).

106 — ÉCOLE FRANÇAISE, XVIIIe SIÈCLE. Joseph et Putiphar.

107 — ÉCOLE FRANÇAISE, XVIIIe SIÈCLE. Paysage.

108 — ÉCOLE FLAMANDE, XVIIIe SIÈCLE. Personnages à la promenade.

109 — ÉCOLE FLAMANDE, XVIe SIÈCLE. Portrait de jeune homme. (Sur bois).

110 — ÉCOLE HOLLANDAISE, XIVe SIÈCLE. Portrait d'enfant, représenté debout dans une grande robe, près de lui un chien. Cadre bois sculpté.

111 — Époque Ier Empire. Divers sabres de troupe et d'officiers.

112 — Époque Louis XV. Épée en fer ciselé fonds dorés, ornée de personnages.

113 — Époque Louis XV. Deux piques et un esponton en fer armorié.

114 — Époque Ire Republique. Bailly (buste bronze).

115 — xvie siècle. Coffre orné de panneaux sculptés.

116 — Époque Louis XIII. Lit en noyer sculpté à colonnes torses.

117 — Époque Ier Empire. Médaillon en étain : Napoléon et Joséphine.

118 — Époque Ier Empire. Napoléon Ier, petit buste bronze, socle en jaune de Sienne.

119 — Ire République. Sabre, poignée en acier avec lame damas gris.

120 — Sous ce numéro, divers objets anciens, débris de sculptures en pierre du xviiie siècle. bois sculptés, panneaux, cadres, dessins en lots, étoffes, etc.

121 — Beau bureau, bibliothèque en poirier.

122 — Trois potiches en terre de feu.

123 — Miroir, cadre dore.

124 — Deux lampes cristal montées en bronze doré